重温红色经典　秉承先辈遗志

重温红色经典　秉承先辈遗志

红色经典文学丛书

南泥湾

贺敬之 著

重温红色经典　秉承先辈遗志

民主与建设出版社
·北京·

图书在版编目（ＣＩＰ）数据

南泥湾 / 贺敬之著. -- 北京：民主与建设出版社,
2021.4
（红色经典文学丛书 / 吴迪诗主编）
ISBN 978-7-5139-3408-4

Ⅰ.①南… Ⅱ.①贺… Ⅲ.①诗集－中国－当代
Ⅳ.①I227

中国版本图书馆 CIP 数据核字(2021)第 042685 号

南泥湾
NANNIWAN

著　　者	贺敬之	
责任编辑	王　维　郝　平	
封面设计	博佳传媒	
出版发行	民主与建设出版社有限责任公司	
电　　话	（010）59417747　59419778	
社　　址	北京市海淀区西三环中路 10 号望海楼 E 座 7 层	
邮　　编	100142	
印　　刷	湖北鄂南新华印刷包装股份有限公司	
版　　次	2021 年 6 月第 1 版	
印　　次	2021 年 6 月第 2 次印刷	
开　　本	710 毫米×1000 毫米　1/16	
印　　张	8	
字　　数	55 千字	
书　　号	ISBN 978-7-5139-3408-4	
定　　价	29.90 元	

注：如有印、装质量问题,请与出版社联系。

目录

红色经典文学丛书

目录

红色经典文学丛书

北方的子孙

我是
年青的
北方的子孙啊！
——我伴着，
　　那荒地、
　　莽原，
　　乌泥
秋天的黄沙
　　和那
　　冬天的
　　大漠风、
　　冻雪
活过十多年！

我像
　　那荒地的每一个孩子
　　一样呀！
守着一只老黄牛，
成长在

河边

湖畔——

我学会了

祖先传下的牧歌，

从老子的脸上

我晓得

那质朴的

他们的忧郁啊！

北方！

我们的

忧郁的骆驼……

春天，

那地面

有绿色在生长的时候，

我们，

孩子的心，

还温着

往日的梦呀！

穷苦，

凶年，

人们在命运的鞭子下

流浪，

死亡……

夏天，

庄稼苗子

长起来的时候——

在那荒土上，

我们望到"它"，

像望见了生命的喜悦！

然而，

谁又会相信，

黄水不为患呢？！——

那毁灭的歌子呀！

房屋、

庄稼，

祖宗留下的

吹不甚响的牛角，

缺破的农具，

我们的生命……

会毁灭在那水底！

——我听过老年人

讲说的故事：

水头

千丈高，

红衣神仙

抓着法水，

千万人

被圈在

死亡的圈子里！

到了庄稼"晒米"，

太阳珍贵的时候，

秋天的

大豆、

高粱、

棒子、

小米……

上了场，

我们又拾起了

跳跃的生命的歌子！

用一支高粱秸

催动老黄牛、

驴子，

从那踽踽的脚步里，

碌碡①——

压着庄稼。

尖锐的声音，

在汗流中滋长……

八月的风，

在荒野

扎下了营，

我们憧憬着

①碌碡：石制农具，用来碾压粮食。

那"折子^①"里

装满的食粮啊!

但,

会被还账带走!

生命

干涸了的泉源,

牲口的

忧郁的头颅,

挂在了树梢,

啊!谁听到了它们的哭泣?

冬天,

北方的地面,

蒙上了冰雪,

丛林、

河流、

黄土屋,

紧紧地封锁在白练下……

寒冷、

饥饿,

从塞北

刮来的风,

我们看见了

那死亡的恐怖。

---

①折子:旧时鲁南农村一种盛粮器具。

天空，

阴冷的神秘

控住那荒土呵！

北方！

我们的

忧郁的骆驼……

祖宗，

将一支牧羊的鞭子

抛下来……

在那荒土上

我偷偷地活过十多年！

我是

年青的

北方的子孙啊！

我会唱那

农歌、

牧歌、

吹那牛角，

在北方的荒土上，

我依恋的

年青的灵魂！

1939 年 8 月 16 日，四川梓潼

跃 进（节选）

一 走出了南方

雨，

落着……

——阴湿的南方啊！

一九四〇年，

走出了那狭窄的

低沉而喑哑的门槛。

春天，

浓雾的早晨；

野花——

红色的招引。

去远方啊！

不回头，

那衰颓^{tuí}的小城，

忘记

那些腐蚀的日子。

响亮地：四个！

二　在西北的路上

是不倦的

大草原的野马；

是有耐性的

沙漠上的骆驼。

我们

四个，

——在西北的路上，
迷天的大风沙里。
山，那么陡！
——翻过！

风沙
扬起我们的笑，
扬起
我们的歌！

夜。

——西北的苦涩的长夜……

狼，

火红的眼睛啊，

燃烧在夜的丛莽。

繁星，

在天空；

——熟透的柠檬，

在树林中。

黑色的森林，

漫天的大幕；

猎人跃进在深处。

猎枪像愤怒的大蛇，

吐着爆炸的火舌。

而我们四个，

喘息着，

摸索向远方……

1940年5月，去延安的路上

生 活

一 生活

我们的生活：
太阳和汗液。

太阳从我们头上升起，
太阳晒着我们。

像小麦，
我们生长
在五月的田野。

我们是小麦，
我们是太阳的孩子。
我们流汗，
发着太阳味，
工作，
在小麦色的愉快里。

歌唱！

歌唱

在每个早晨和晚上。

生活

甜蜜而饱满的穗子，

我们兄弟般地

结紧在穗子上。

我们——熟透的麦粒呀。

二　明天

当我们

劳作在庄稼丛里；

当我们

休息在田地旁边；

当我们

肩着辛劳归来；

汗珠，

装饰着

我们高粱色的胸膛。

我们想：

有一天，

太阳打从我们共和国的草原

升起；

有一天，

我们驾着拖拉机

去耕种；

有一天，

早晨的露珠刷湿了皮靴，

我们去集体农场……

三　梵阿琳和诗

在生活的键盘上，

我们拥抱

梵阿琳和诗。

晚上，

在夜的大帐幕里，

梵阿琳的音调

在夏天的树下

荡出；

从人的岛屿里

高扬。

而我们炽热的
年青的生命的跳跃呀。

早晨，
阳光照亮了——
普式庚，
尼克拉索夫，
马雅可夫斯基……
——我们朗读着
那诗册。

洪亮的
时代的音响啊！

我们跟他，诗，
学习
反抗和讴歌，
爱和播种。

四　我生活得好，同志

（一）
昨天，

外边落着雨，

你从那山坡上，

拖着泥脚走来，

你问我：

"生活得好吗？"

而今天，

天晴了，

在我的桌子上，

洒落一大片阳光，

那么，

让我回答你：

"好！

我生活得好，

亲爱的同志！"

窗外的山上，

送来野花的香气，

好！

我生活得好，

亲爱的同志！

（二）

在亚细亚的

zhuó

灼伤的土地上，

我活过了十六个年头。

十六个年头，
不灭的记忆：
饥饿和死亡。

从一个老人那里，
随他倒下的身躯，
我承继了
债务和刑罚。
然而，
战争的毒火，
赶我
离开了家……

夜的草原，
从那棵老槐树下
我开始了
我十四岁以后的
流亡的道路……

（三）
大风沙的夜晚，
我渡过
祖国的
北方的大河；
春天末尾的

中部原野——
有发渴的土壤，
旱死的小麦。

我，
在长列的火车上，
驰向新历史的门槛。

我的祖国，
听我的歌唱！

十多年
喂养我的
你的古老的忧郁，
你的酷寒的夜，
你的毒害的奶汁；

十多年，
你的土地上生长的
一棵矮小的幼枝，
我的童年，
——这，让我招招手：
"再会！"

（四）
而我，

又走了！

向南方——

更长的祖国的路。

我的祖国，

听我的歌唱！

我赞美

你的明天，

而又咒诅

对你的没有光亮的日子。

更坚实地

我又举起了我的脚步，

向我的

光辉的驿站，

向我的

温暖的归宿。

让那些关卡，

让那些封锁线

死亡吧！

这，如同

黑夜关不住白天。

（五）

今天呵，

亲爱的同志，

我生活得好了！
我快活
像一只飞舞在天空中的鹰！

为你，
我的太阳，
你照射了我！

为你，
我的高原，
你养育了我！

为你，
亲爱的同志，
你锤炼了我！

我的歌声高昂而发颤……

今天，
让我们拥抱吧，
我的亲爱的同志！

好！
我生活得好！

1940 年 9 月，延安鲁艺

雪，覆盖着大地向上蒸腾的温热

在窑洞里，
我和同志们
围坐在油灯旁边。

我们的影子
连接着，
在墙壁上
闪动。

炭火，
旺起来了。
雪，
在窗外落着，
雪，
覆盖着大地向上蒸腾的温热……

我的笔
站起来，

红色经典文学丛书

我的思想

像海潮似的

撞击着我的心……

我不能平静，

我要呼喊。

我是怎样地

来在这个世界上！

来在

同志们的行列中！

……一九二四年，

雪落着，

风，呼号着，

夜，漆黑的夜……

在被寒冷封锁的森林里，

在翻倒了的鸟窠^{kē}中，

诞生了一只雏鸟……

呵，我的母亲，

在这样的

日子里，

你诞生了我！

挂满蜘蛛网的破屋子里，

我的祖母

跪在屋角，

连连地磕头祷告：

"天啊，

俺喂他什么吃？

——这个小东西！"

我的父亲，

躲账在

村庄的酒馆里，

又赊了账，

醉倒在柜台边……

亲爱的同志，

这就是我的

自传的第一页：

时代＋灾难＋母亲，

这，我就生长起来。

我来在这个世界上。

我的眼睛，

看着；

我的脚

踏着

——这一片漆黑的大地！

我的母亲，

为什么打我妹妹？

难道，

就因为她在年三十

要吃一块年糕？

父亲呵，

为什么和祖母吵架？

难道

就因为她藏了二升高粱，

不能给你还账？

而雪，落着，

风，呼号着，

夜，漆黑的夜……

炮声啊，

在响！

人群啊，

在哭嚎^{háo}……

哪里去？

你们！

哪里去？

母亲！

哪里去？

父亲？

......

——在一九三七年，
这样的晚上。

母亲啊，
撒开手，
妹妹，
给我的夹袄——
我要走了！
这长长的道路，
这漆黑的道路……

我被抢去了
在衣角里
母亲缝进去的
五块钱钞票，
我被摔倒在
河沟里……

但是，
我看着，
我走着！
我走着，
我想着！

我的母亲！

我的祖国！

我终于，

看清了，

太阳从哪边出来！

花朵

是在哪里开！

我来到这里，

来到

这旗帜底下，

来到

我的同志们中间！

而且，

我是宣了誓的，

我背诵过了我的誓言。

亲爱的同志们！

为母亲，

为祖国，

我来到这个世界上，

来到行列里。

而你，

我的笔，

你不能停止，

我的心啊，

更热烈地燃烧吧！

在这样的晚上，

窗外，

雪，

无声地落着，

雪，

覆盖着大地向上蒸腾的温热……

我的肩，

擦着同志们的肩，

同志们的肩，

擦着我的肩……

我的诗，

检阅着我的过去——

我，

那样地

走了过来，

走到了你们中间！

1940 年 12 月，延安

五姊子的末路

五姊子前面是流淌不息的大河，
五姊子后面是将落的太阳。

五姊子将仅存的一个孩子抱在怀里，
在那怒吼的浪涛前面，她低下头来。

……整整一年了，五叔被关在监牢。
啊，那不是五叔的黄瘦的面孔？
那不是给张大爷鞭打的伤痕？

……五姊子静静地回想着，
这一年——
大儿子流浪到远方，
没有一点音讯；
老黄牛叫张大爷拉走了；
女儿病死在炕头上……

……五姊子静静地回想着，回想着。

她抬起头来。

忽然，她笑了，

面对着浪涛，五婶子笑了。

五婶子像喝醉了酒，

她抱着孩子跳下河去，

河水激起一阵浪花。

……于是，一切又归寂静。

黑夜到来了。

河水吞没了五婶子和她的孩子柱儿。

大河里又添了两个水鬼，

河面上是迷茫的秋天的夜。

1941 年 5 月

儿子是在落雪天走的

一

儿子是在落雪天走的……

他临走前，
将自己仅有的一件破棉袄
脱给母亲。
于是，他就这样地走了。

母亲衰老了——
她的脸是冬天，
她的头发便是积雪。
儿子的脚步声在风雪中远去，
母亲无力地倒在门边的雪堆上……

二

一个月以后，
有一大群饿慌了的人，

结成了队伍，

跟随儿子向着一个地方走去。

——他们悄悄地绕过母亲的小屋，

歪歪斜斜的身影

隐没在一片盖雪的树林里。

三

到晚上，

儿子回来了。

他给母亲带来了新棉袄，

带来了白面和柴火，

也带来了火——

于是，寒冷的小屋里温暖起来了。

母亲吃饱了，也穿上了，

她的眼睛里充满了欢喜的泪水……

但是，儿子又向风雪中走去。

四

这以后，数不清有多少日子了，

儿子却再也没有回来。

"俺的孩子,俺的好孩子,
怎么再也不回来了呢?……"
母亲默默地念着。

过路的人在风雪中出现,
向母亲告诉:
"你的儿子死了,
因为他做了强盗。"

母亲摇摇头:
"你不要蒙哄我,
我知道他就要回来。"

五

又是很久很久了，
又是落雪天……

连过路客人也没有了，
儿子真的再也不见回来。

母亲的眼睛渐渐地失去了光亮。
母亲的心里也结成了冰了。

"他……他是真的死了吗？
他是个好孩子，他不会做强盗呵。
……唔，我明白了，
可怜的孩子是死在强盗的手里了。"

1941 年 6 月

小兰姑娘

我和小兰姑娘到田野里去。

麦苗都长高了，
村头的李花都开了，
燕子一对对在我们头上飞着叫着，
一会儿，又飞跑了。

春天到了，
小兰姑娘就是春天。

春天的花朵真好看，
小兰姑娘却更好看；
春天的太阳真温和，
小兰姑娘却更温和呢。

我们到麦地里去割荠荠芽，

可是谁也不想干活，

镰刀都放在一边——

田野真像一床绿毯子呀。

我们坐在一起。

麦苗就在我们脚下乱拂，

——因为是刮着小风。

我把手放在小兰姑娘肩上。

时间正是晌午。

小兰说该做活了，

回家娘要骂呢。

——小兰姑娘是王五伯伯的闺女；

王五伯伯是李大爷的租户。

王五伯伯把小兰许给李金余；

李金余是李大爷的侄儿。

李金余是富人，

我是穷人；

李金余在学堂里，

我在田野里。

——小兰姑娘却喜欢我。

"怎么办呢？小兰——"

"怎么办呢，我不知道……"

"咱俩跑走吧，小兰！"

镰刀在土里抽动，
燕子又来偷听了。

二

小兰姑娘就住在庄东头的那间小屋里，
她家门前是一条小河。

……一个夜里，
我去找小兰。
她怕叫爷娘知道，
悄悄地从屋里出来，
来到我面前。

于是，我们走了，
跑过小河。

"到哪里去呢？ 天这么黑……"

"到外头去，
到很远的地方去。
天不黑，你就是月姥娘……"

三

谁知道，
不到天明我们就糟了！
李大爷派人把我们提了回去。

小兰的娘来打小兰，
李金余把我摔到河沟里。
不到两天，
李金余就把小兰娶走了。

四

……我把头枕到小兰姑娘坟上，
现在秋天也完了。

小兰姑娘是吊死的，
在她被娶走的第七天。
……唉，小兰！

老巫婆给王五伯伯家念经，
说小兰是妖怪。

我把头枕到小兰姑娘坟上，

小兰呵，我来叫你，

为什么你不答应我呢？

小兰呵，快醒过来吧，

不要怕夜里太黑太冷，

我们拾些树枝扎个小火把，

它会照着我们，

向很远很远的地方走去……

1941 年 7 月

小全的爹在夜里

一

黄昏时，
小全的爹领着小全走了。
冷风不住地吹着。
小全记得李大娘向他说的——
明天就是"腊八"了。

小全的娘在病着，
小全家一天就不见烟火。

小全向爹说：
"饿……"
爹不理。
小全向娘说：
"饿……"
娘不理。

——终于，黄昏时，

小全的爹领着小全走了。

"爹，到哪里去？"

"领你到田大爷家吃'腊八粥'去……"

老头子回答着孩子，

他的脸上激起一阵苦痛的颤栗。

二

小全和他爹走进了田大爷家黑漆的大门，

田大爷的守门狗把小全吓哭了。

穿过大门内的耳屋，

耳屋里长工们在烤着火。

小全说：

"爹，

这里比咱家暖和……"

老头子不理小全，

他的脸好像阴沉的天空。

老头子在田大爷家找到一块米糕给小全，

把小全安置在一间黑暗的小屋子里，

老头子去见田大爷去。

小全在爹背后说：

"爹，回去吧，

田大爷家的守门狗光咬人……"

三

到黑天的时候，

小全的爹一个人走出了田大爷的大门。

村庄上很寂静。

腊月里，西北风微微地吹过枯树的枝头。

打更人第二次踏过村庄的铺道了，

梆子的响声随着哑了下去。

小全的爹迈着沉重的脚步，

他仿佛做错了一件什么事，

把头低着。

他数着手里的钱——

"四吊五百钱。

四吊五百钱，

我卖了亲生的孩子，小全，

田大爷再也不肯多出……"

他走着,走着,

在腊月的夜里。

"小全的娘还病着,

四吊五百钱,可以买二斗米啦……"

这是难过的年头呵……

四

这是难过的年头。

冷风从前面吹来,

啊,带着小孩的哭声。

小全的爹向前走着,

面前是一个干涸的泥坑,

这里面躺着一个将死的婴孩,

哭声从他的小嘴里发出……

老头子的心里颤抖了:

"这是谁?

这是……不是……我的……小全?……"

这不是小全,

小全在田大爷家里。

这是一个才生下的婴孩,

刚被抛出了母亲的怀抱。

老头子止住了脚步，
老头子抱起了那个小孩：
"谁家生了你，小孩，
把你扔在这里，
……啊，狠心的人！"

"狠心的人""狠心的人"——
老头子啊，老头子听见了自己的声音，
他仿佛咒骂了自己！

在那腊月的冷风里，
他站着，站着……
对着这不知是谁家的孩子，
他，忽然解开了自己的破烂的衣襟，
把小孩抱在怀里。
但是，他的怀里是冰冷的。

小孩哭着，哭声变得低哑了。

小全的爹像是得了一场大病，
他浑身都觉着疼痛。
这是腊月的夜间，
家里躺着有病的女人啊。

半天，他只好将小孩放下，

抬起脚步向前走。

不知为什么，

他留下一吊钱给了这个小孩……

五

这个老头子，在夜间，

他放下一吊钱给这个小孩。

刚走了一步，这陌生的小孩又哭了，

那冰冷的东西压得孩子快喘不出气来……

小全的爹又转了回来，

他重新抱起小孩：

"不要哭，小孩，

我不能带你回家，

我家里没有吃的……

唉，这是一吊钱，

我……我卖了我亲生的孩子，

他比你大……他今年……五岁了…

他……他叫小全……"

小孩子不听老头子的诉说，

小孩哭着，哭着，

渐渐地，在老头子手里冻僵了。

小全的爹站着不动……
他好像一棵枯树。
长久地，长久地……没有一点声音。

冷风扑过来，
老头子像是从梦中惊醒。
他的嘴唇找到了小孩冷却了的嘴唇，
他的眼泪滚落在小孩冻僵了的脸上，
终于，小全的爹大声地哭了出来。

六

冷风吹过枯树的枝头，
夜，像一只破了的木船，
搁浅在村庄。

小全的爹仿佛疯了一样，
抱着死去了的不相识的小孩，他哭着。

小全，这时候，
在田大爷家里，哭着，
要他自己的爹娘。

寂寞的小屋里，
病着的女人，哭着，
她的声音颤抖在屋角里：
"把小全带到哪里去了呢？……"

夜，搁浅在村庄。
风，刮着，刮着！……

1941 年 12 月

我走在早晨的大路上

我走在早晨的大路上

我唱着属于这道路的歌。

我的早晨的河啊，你流吧，

我的早晨的太阳，你升起吧。

我走在早晨的大路上，

在我的面前，

在我的四周，

是无限广大的土地。

我面对着我自己，

我面对着我的歌，

我面对着这道路，这土地，

我面对着这个国度，这个政权；

我——一个十八岁的公民，

我自己说话，高声地：

这土地是我的！

这山也是我的！

我——一个十八岁的歌者，
我唱我自己的歌，高声地：
是我的——这早晨，这太阳！
是我的——这欢快的一天的开始！

现在是秋天。
现在是收获的季节。
现在是每一种颜色都鲜红的季节。
现在是每一个喉咙都发声的季节。
现在是每一双手都举起热情的季节。
现在是每一朵花都结实的季节。

我走在早晨的大路上，
我唱着属于这道路的歌。
光明和温暖正在这大地上开始，
这里正在开辟，正在手创。

这早晨的歌，
这太阳的歌，
这季节的歌，
这开辟和手创的歌，
这闪耀和燃烧的歌，
呵，我走在这道路上！

这道路的歌，

这田野的歌，

这西红柿的歌，

这小米的歌，

这玉蜀黍和高粱的歌！

呵，此刻，我，前进着，

我迈着我的脚步，均衡而有力。

我的伙伴，我的公民同志，

我们来唱这歌吧，

我们来完成这奇迹，

我们来投票选举，

我们来吧，同志——

足够十八岁的！

我，十八岁，向前走，唱着，

你们，也向前走，

从我的左肩擦过，唱着；

从我的右肩擦过，唱着。

我什么也不想，

我，一点也不怀疑，

我面对你呵，我的大地，

如同向日葵对于太阳一样真诚不二。

我的头脑是清醒的，

像那被太阳光穿透的露珠。

在会议上允许我发言，

在我的道路上允许我大步向前而且唱歌。

我的脚步是你们中间的一双脚步，

公民同志们！

我的手是你们中间的一双手啊，

公民同志们！

它同你们紧靠着，

它同你们一起前进，

它同你们紧握着，

它同你们一起来管理这大地。

让我们牢记吧，

我们是自己国度的先驱者，

让我们牢记吧，

我们是自己栽培自己收获的人！

我不能不起来，从我的座位里，

我来到这早晨的道路上，

我不能不唱歌，唱我的赞颂的歌，

给这早晨，给这太阳！

我仍然前进，

一刻也不休止，

我同我的邻人，

一起呼吸，生活。

我走在这早晨的大路上，

我唱着属于这道路的歌。

我看见这大地每一秒钟都在前进，

我看见这大地每一秒钟都在生长，

我看见这大地上的旗帜正在飘扬，

我看见这大地上：快乐和歌唱。

我，向前走！

我，十八岁的公民！

啊，我唱着，和延河的声音一起，

太阳在我的周身，在我的大地上。

前面的，你是什么？

都来到我的怀里吧，我紧紧地拥抱你们，

我，十八岁的歌者，

我也要投到你们的怀里，你们也来拥抱我！

你是我的同志，我的爱人啊，

你是我的伙伴，我的邻人啊，

你是我的房屋，我的田野啊，

你是我的早晨，我的太阳啊。

我走在早晨的大路上，

我唱着属于这道路的歌。

我跟着前面的人，

后面的人跟着我。

1941 年 9 月，延安

太阳在心头

张三牵着老黄牛，
他在地畔慢慢儿走。
眼看太阳落西山，
他倒有另一个太阳在心头。

张三左思右一想，
一年四季春到秋。
今年收成真正好，
你看谷糜^{mí}满山沟。

为啥如今光景比往年好？
不是天差神保佑。
因为有了毛泽东——
温暖的太阳在心头。

毛主席比太阳更温暖，
他比那太阳更长久。
张三拉了泥菩萨的架，

灶君神扔到火里头！

……黄牛忍不住叫几声，
张三唱起了"信天游"。
天上的星星眨眼笑，
他看见：光明的大路在前头。

1941 年 9 月，延安

给土地和牛拉拉话

一

土地啊，
我要给你拉拉话！
我知道你不聋也不哑，
我的话儿你可都解下？

喂！叫那东边的雨来打，
叫那西边的风来刮。
汗珠珠流来泪珠珠洒，
过去的光景莫提它。

过去的光景莫提它，
汗珠珠流来泪珠珠洒，
土地，你翻个身儿盖上它，

土地啊，
迩刻你是我的啦，
我的话儿你可都解下？

我爱你像爱我妈，

我爱你又像爱我娃！

土地，你还在睡着啦，

土地，醒醒吧，醒醒吧！

你要多给我长些芽，

你要多给我开些花。

你伸手儿推开雪做的白绫被，

土地，醒醒吧，

你可知道冬天快完啦。

土地啊，

我要给你拉拉话，

我知道你不聋又不哑，

我的话儿你可都解下？

二

我的牛啊，

我要给你拉拉话，

我知道你不聋也不哑，

我的话儿你可都解下？

喂？你的前脚向上抬，

你的后脚往下踏。

这天又蓝来云又白，
我们那好太阳在空中挂。

我们那好太阳在空中挂。
不要嫌犁重来不要嫌耙压，
我的牛为了土地你才架起它。

我的牛呵，
迩刻你是我的啦，
我的话儿你可都解下？
我爱你像爱我的亲兄弟，
我爱你又像爱我娃。

我的牛，不能停下，
我的牛，还要走啊，还要走啊。

你要多给我出点力，
你要多把汗珠珠洒。
我跟你把新鲜的种子来撒下，
我的牛，还要走啊，
你可知道春天来到我们这边啦。

我的牛呵，
我要给你拉拉话，
我知道你不聋又不哑，
我的话儿你可都解下？

我的家

陕甘宁——我的家，
几眼新窑在这垯①。

这里是——我的庄稼：
谷子一片黄，
荞麦正开花，
你听那桃秫②叶子哗啦啦啦想说啥？

唔，还有这牛，这羊，
这一群黑油油的小猪娃。

暖堂堂的太阳头上照，
活闪闪，一杆红旗崾畔上插。

眼望这一片好光景，
叫我怎能不爱它？

---

①这垯：西北方言，这里。
②桃秫：高粱。

革命前,真可怜呵……
咳,过去的光景不提它!
陕甘宁——我的家,
如今与前不同啦。

呃! 你看,那桃秫地里,
有个黑影过来啦!

是狼? 是狗?
还是什么坏家伙?

唔,看清啦:
是他们!

娃! 把我的枪拿来,
咱要撵走这贼娃!

呵!
陕甘宁呵,我的家,
我怎能叫强盗来侵占,
我怎能不来保卫它?

1942 年 9 月,延安

七枝花^①

（花鼓）

什么花开花朝太阳？

什么人拥护共产党？

葵花儿开花朝太阳，

老百姓拥护共产党。

共产党，怎么样？

它给人民出主张——

老百姓拥护共产党。

什么花开花穿在身？

什么人的话儿要记在心？

棉花儿开花穿在身，

毛主席的话儿记在心。

毛主席，说什么？

"全心全意为人民"——

毛主席的话儿记在心。

---

①七枝花：1943年2月作于延安，杜矢甲作曲。1945年日本投降后修改。

什么花开花不怕雪？

什么军队打仗最坚决？

腊梅花开花不怕雪，

人民军队打仗最坚决。

为什么，最坚决？

人民的敌人要消灭——

人民军队打仗最坚决。

什么花开花根连根？

什么军队和人民一条心？

荷花开花根连根，

解放军和人民一条心。

一条心，为什么？

军民本是一家人——

解放军和人民一条心。

什么花开花拦住路？

什么鬼怪要铲除？

蒺藜开花拦住路，

反动派鬼怪要铲除。

消灭反动派才能享幸福——

反动派鬼怪要铲除。

什么花开花千里红？

什么人发动了大反攻？

荞麦开花千里红。

解放军发动了大反攻。

大反攻，怎么样？

反动派一起消灭净——

解放军发动大反攻。

什么花开花迎春天？

什么人迎接胜利年？

迎春花开花迎春天，

中国人民迎接胜利年。

迎接胜利，怎么样？

团结一起走向前！

南泥湾①

（秧歌表演唱）

花篮的花儿香，

听我来唱一唱，

唱呀一唱——

来到了南泥湾，

南泥湾好地方，

好呀地方。

好地方来好风光，

好地方来好风光——

到处是庄稼，

遍地是牛羊……

往年的南泥湾，

处处是荒山，

没呀人烟……

如今的南泥湾，

---

①南泥湾：1943 年作于延安，马可作曲。

与往年不一般，

不呀一般。

如呀今的南泥湾呀

与呀往年不一般——

再不是旧模样，

是陕北的好江南……

陕北的好江南，

鲜花开满山，

开呀满山——

学习那南泥湾

处处是江南。

又战斗来又生产，

三五九旅是模范……

咱们走向前，

鲜花送模范……

红色经典文学丛书

青竹竿,穿红旗

青竹竿,穿红旗

一阵狂风遍地起!

逮住儿皇帝,

拔了太阳旗,

双脚跳出活地狱!

系红领,扎红带,

一心迎接红军来,

先打满洲里,

后进四平街,

红军来了大门开!

高粱叶子哗啦啦,

血海深仇"九·一八"。

那年十四的人,

如今二十八,

爹娘的冤仇要报答!

松花江，滚滚流，

十四年苦罪活受够。

我是中国人，

为什么做马牛？

从今后三千万人民要出头！

1945 年 8 月，延安

行军散歌（节选）

一 开差走了

芦花公鸡叫天明，
脑畔①上哨子一哇声。
打上行李背上包，
咱们的队伍开差走了。

满地的露水满沟的雾，
四十里平川照不见路。
荞麦开花十里红，
二十里路上歇一阵。

崖上下来了老妈妈，
窑里出来了女娃娃，
长胡子老汉笑开啦，
拦羊娃娃过来啦。

———————

①脑畔：窑顶上，山坡。

老妈妈手捧大红枣，

拉住我们吃个饱。

把我们围个不透风，

手拉手儿把话明：

“水有源呀树有根，

见了咱八路军亲又亲。”

“金桃秫①开花红缨缨长，

到了前方打胜仗。”

“快快走了快快来，

人要不来信捎来。

山高路远信难捎，

要把你们的心捎到。

快把敌人都打垮，

回来给你们戴红花！”

1945 年 9 月 20 日，

从延安出发到四十里铺

二　当天上响雷

当天上响雷格拉拉，

---

①金桃秫：玉蜀黍。

满沟里下雨活洒洒。

军衣淋得湿渹渹，

唱歌唱得格哇哇！

雨里遇见个老人家，

他家就住郭家塔

老人家年纪五十八，

身上背着百来斤花①。

棉花重来路又滑，

跌倒在地实难爬。

我们上前搀起他，

替他把花背回家。

雷声阵阵响，

雨点阵阵大！

一步一步

看见了前边郭家塔。

"就到啦，

就到啦，

前面就是我的家！"

---

①花：棉花。

老汉拉住我们不肯放，
推开窑门让进了家。
先点一把火，
后烧一锅茶，
热炕上坐定把话拉。

1945 年 9 月 24 日，到郭家塔

三　枣儿红

一路上的枣儿属上这垯的红，
陕北的女娃属上这垯的俊。

扛上长竿打红枣，
对对姐妹对对笑。

大队的八路军开步走，
大把的红枣塞进手。

"吃我的红枣不要钱，
嘴里吃了心里甜。"

"吃你的红枣我记账，
流水账写在枪尖上。"

"消灭了敌人勾了账，

回来再闻你枣花香！"

1945 年 10 月 5 日，吴堡

四　看见妈妈

满地的鸡娃叫咕咕，
老婆婆跪在当院簸桃秫。

糠皮皮落到她头发里，
汗珠珠洒到她簸箕里。

看见老婆婆脸上笑，
我的心里咚咚跳。

这婆婆的眉眼好熟惯，
好像在哪里见过面？

看前身好像是妈妈样，
看后影好像是亲娘！

眼前好像一场梦，
一脚踏进自家门！

…………

提起家来家乡远，

三千里外，隔水又隔山。

十四上离了自家门，

十六岁参加了八路军。

还记得那太阳落西山，

还记得那灶火冒青烟。

还记得满地的鸡娃叫咕咕，

还记得妈妈在院里簸桃秫。

还记得糠皮皮落到妈妈头发里，

还记得妈妈的汗珠落到簸箕里。

还记得我离家那一晚，

油灯直点到捻(niǎn)子干。

妈妈手拿棉花纺不成线，

泪水打得棉线断。

第二天她把我送出家门外，

我从那越走越远不回来。

…………

啊，可怎么今天回了家，
又看见自己亲妈妈！

妈妈啊，手里的簸箕快放下，
你看啊，儿子今天回来啦！

"年轻的八路军你认错了人，
擦干眼泪你看清！"

哦！年轻的八路军认错了人，
擦干眼泪，我啊，我看清：

我姓贺来她姓陈，
她原是本地的老百姓。

咳，妈妈呵，说我错认我没错认，
叫我看清我早看清。

人模样虽有千千万，
模样不同心一般！

八路军啊，老百姓，
本就是母子骨肉亲。

哪一棵桃秫不结籽？
哪一个穗穗不连根？

为了爹妈不受穷，
为了我们要翻身；

庄子里才出了我们扛枪的人，
土地上生长了我们八路军。

黑天白日打敌人，
千山万水向前进！

一天换一个地方扎，
一天就回一次家！

一天就回一次家，
一天一回看妈妈！

看见妈妈笑吟吟，
两手就能举千斤。

看见妈妈笑呵呵，
铁打的堡垒也冲破。

为了妈妈生和死，

水里来了火里去！

为了妈妈死和生，

烂了骨头也甘心！

1945 年 10 月 3 日，郝家坪

五　过黄河

风卷黄河浪，

一片闹嚷嚷，

大队人马来到河畔上。

船尾接船头，

船头接船尾，

艄shāo公破水把船推。

人马上了船，

艄公收了纤，

吆喝一声船儿离了岸。

艄公扳转桨，

船儿调转头，

嗯啦啦排开顺水流。

船到河当中，

人心如拉弓，
七尺的大浪直往船边涌！

老艄稳稳站，
小艄用力扳，
声声吼叫震响万丛山。

青山高千丈，
太阳明晃晃，
赤身子的小艄站在船头上。

老艄眼瞅定，
胡采飘在胸，
他的那口号如军令。

黄河五千年，
天下第一川，
河上的风浪他熟惯。

扳过了大浪头，
大船靠了岸，
船头上跳下我们英雄汉。

头顶火烧云，
脚踏河东地，

五尺大步走向胜利去！

1945 年 10 月 5 日，碛口

六 临南民兵

清格朗朗的流水蓝格英英的山，
山前里一片大枣园。

东边一个塔来西边一个塔，
羊肠小路穿在当隔拉①。

村名就叫双塔村，
临南县里它有名。

绿叶里藏的枣儿红，
枣林里藏的众英雄。

人民的英雄是真英雄，
临南的民兵八百名。

八百条好汉集中受训练，
要上前方去参战！

---

①当隔拉：中间的意思。

射击投弹埋地雷，
各样的武艺都学会。

刺枪好比猛虎斗，
冲锋好像鱼儿游。

埋地雷好像龙戏珠，
投弹好像狮子滚绣球。

繁峙^{shì}县有个摩天岭，
民兵的本领比它高三分。

西楚的霸王力气大，
比不上咱们民兵脚指甲。

武器拿在人民的手，
神担忧来鬼发愁。

前半月打了回离石城，
一声春雷遍地惊。

三五八旅英雄将，
临南民兵配合上。

大水漫了搁浅的船，

离石城叫咱围了个严。

离石的城墙五丈高，
顽固的敌人守得牢。

头一回冲锋没攻下，
接连着又把命令发。

第二道命令往下传，
民兵又把梯子搬。

一排炮打破了半拉城，
咱们的人马往里涌！

搁浅的船儿裂了缝，
水满船舱往下沉。
cāng

守城的敌人缴了枪，
jiǎo
跑走的叫民兵消灭光。

民兵和战士肩并肩，
小伙子个个都勇敢。

英雄的故事传遍河东地，
小杨树见了民兵也敬礼。

姑娘们给英雄献瓜果，

我给英雄们唱赞歌。

唱一阵歌来拉一阵话，

"太原城里再会吧！"

1945 年 10 月 9 日，双塔村

红色经典文学丛书

送参军

一

鸡冠花开花满院子红，
因为你参军我光荣。

鸡冠花开花红满院，
咱俩同意心情愿。

二

咱麦地里没有那扎扎草，
你不当那样的"草鸡毛①"。

咱家麦地里没有那蒲萝蔓②，
我不当拉尾巴的把你缠。

年轻的男人当了"草鸡毛"，

---

①草鸡毛：北方讥语，胆怯的人。
②蒲萝蔓：一种蔓生野草。

羞不羞来臊不臊？

年轻的媳妇落了拉尾巴的名，
大伙的言语一阵风。

<h2 style="text-align:center">三</h2>

嘴唇贴在碗边上，
端起饭碗想一想。

贼羔子过来抢饭碗，
翻身的人们怎么办？

"草鸡毛"见了炕洞里藏，
英雄见了拿刀枪！

一盏明灯对面照，
咱俩的思想打通了。

<h2 style="text-align:center">四</h2>

七月的高粱先打苞，
第一个你就把名报。

一脚跳到台子上，

对着乡亲们把话讲。

东风刮得云往西，
人人的眼睛瞅着你。

你当火车头你挂钩，
全村的青年跟你就伴走。

风刮杨树叶哗哗响，
人人冲你拍巴掌！

我顺着人缝瞅一瞅，
心里高兴说不出口。

五

十八面大鼓二十四面钗^①，
对对铜锣亮洒洒。

锣鼓当当震翻天，
大旗飘飘在头前。

里八层来外八层，

---

① 钗：即铜钹。

街上人们围得不透风。

村长给你拉上马，
指导员给你戴上花。

隔着人堆我挤不上去，
大伙儿关心不用我结记。

六

马上的红绸迎风飘，
年轻的英雄们上马走了！

马蹄子踩得咯哒咯哒响，
尘土扬在大道上。

三十匹走马三十个人骑，
一般的模样我认不出了你。

瞅着人影慢慢小，
瞅着瞅着走远了。

心里喜欢脸上笑，
谁还有那些个眼泪往外掉？

七

马前的道路马后的土，
你只管向前莫退后。

一根鞭子你手里拿，
你别忘了夜黑价①那句话。

心思使在那枪头上，
力气用在那刀尖上。

为了土地、庄田、爹娘，还有我，
你勇敢打仗没有二话说！

1947年2月16日，冀中郝家庄

---

①夜黑价：昨天晚上。

笑

大雪飘飘，

大雪飘飘，

一阵北风

撕开了满天的棉花桃！

棉花桃

搂头盖顶往下落啊，

往下落！

好一个快活的农民翻身年呀，

你脚踏北风，

身披鹅毛，

满面红光，

欢天喜地来到了！

奔谁来呀？

奔我来。

——张老好啊，

我知道。

我迎出你大门外，

我迎上你人行道……

啊，耀眼的红灯！

震耳的鞭炮！

啊，东边"吹歌①"响，

西边锣鼓敲！

——这不是你吗？

你放羊的刘大采；

还有你呀，

当"善友②"的孙二嫂；

你，老明——咱农会主席；

你，三成——咱贫农代表；

…………

穷哥儿们呀，

好啊，好！

过年好！

——这是咱们的翻身年啊！

盘古开天辟地到如今，

这是头一遭！

———————————

①吹歌：河北民间乐团组织，或作"吹歌会"。

②善友：地主女仆。

张老好呵,

我笑,我笑!

我哈哈笑!

我笑得那石头裂开了嘴,

我笑得那大树折断了腰,

我笑得那刘三爷门前的旗杆

喀喳一声栽倒了!

"好子大伯,怎么啦?

疯了? 傻了?

怎么一个劲儿地这么笑?"

怎么一个劲儿地这么笑?

孩子们啊,

眼前的这一桩奇景你瞧瞧:

那秋后的大麻,

叫人家把根削了,

把皮剥了,

水里浸了,

火里烧了,

沤了,烂了,焦了。

……一年两年过去了。

千年万载过去了。

啊！猛然间，
雷声响！——
天开了，
冰消了！
梦也梦不见的
春天来到了！
眼睁睁地，
它又发了芽，
它又长了苗！
绿油油的叶儿一"扑楞^①"，
红登登的花儿迎风摇！
——我张老好啊，
受苦受罪的张老好，
啼哭了一辈子的张老好，
水里沤，火里烧，
喘不上气的张老好，
今天啊，翻了身了！

"热到三伏，
冷在中九，
活泼拉拉春打六九头。"
孩子们呵，
到了咱笑的节气了，

---

①扑楞：形容植物枝繁叶茂的状态。

到了咱笑的年月了。

看着你，我笑，
看着他，我笑；
看着我的家，我的房；
看着我的锅，我的灶；
看着我一家大和小；
我笑啊，我笑！
我怎么能不笑？

……这一旁，
我的媳妇箩白面；
那一边，
我的老伴把饺子包。
她东间转，西间跑，
搁下担杖拿起筲①，
又忙拉风箱，
又忙把火烧，
左手才把笼揭开，
右手又掂切菜刀……
哈哈！看着看着，
我又笑。

老婆子，
我笑的是你呀！

---

①筲：水桶。

小心点，

别叫热气熏坏了眼，

别叫灶里的火苗烧坏了你那衣裳角！

呃，怎么啦？

谁又惹你不高兴：

平白无故，

你的脸色怎么改变了？

你低下了头，

弯下了腰，

泪珠子怎么又要往下掉？

咳！老娘儿们呀，别价了，

你思想的事儿我知道。

准又是你那个——

"苦根根呀苦苗苗，

受苦受罪的张老好，

咱给刘三爷扛活三十年，

熬白了头发累折了腰，

卖了咱那亲生女，

手提篮儿把饭要，

星星出呀星星落，

做梦也想不到有今朝！"

是的呀，老婆子，

这就是"翻身"呀，

这就是咱们的世道。

唔,小孙子,去,
把咱门上的对子,
给你奶奶念道念道,
大声点,告诉她——
"土——地——改——革——
农——民——翻——身——"
告诉她啊,这都是,
咱们共产党来领导!

可是呀,小孙子,
你也别笑话你奶奶啊,
要知道,
难过的日子,
叫你爷爷奶奶受完了,
好过的日子
叫你赶上了!
走吧,跟爷爷出去,
看看咱那才分的十五亩地,
——看看咱那"马兰道①"。

"马兰道"呀"马兰道",
你的主人我来了!
你看我围着你走,

———————————————
①马兰道:地块名。

你看我围着你绕，
三百二十单八步，
一十五亩，
分厘也不少。

"马兰道"呀，
你是我的命根子，
有了你，
我从今后日子过得好，
再不怕他活阎王刘三毛！

刘三毛呀，
叫咱扳倒了，
受苦的汉子挺起了腰！

……呃，巧！
可怎么，"说着曹操，
曹操就到？"

"啊，那不是刘三爷吗？
怎么狐皮风帽也不要了？
羔皮马褂也不罩了？
出门也不吩咐老好把车套了？"

"咳……好子叔……
您别……别逗笑………"

呸！我吐你一口！
你也会"叔"长"叔"短啦？
你改了你那老调啦？
怎么？还想不想叫我给你
磕头下跪，
端屎捧尿？
还想不想再逼我去卖亲生女，
再逼我三尺麻绳去上吊？

——告诉你吧，不行啦！
变了天啦！

你的那"荣华富贵"过去了，
这人们的"光明世界"来到了！

穷哥儿们呀，
时候到了：
该走的走了，
该来的来了。

花到如今——
该开的开了，
该落的落了。

事到如今——

该哭的哭了，

该笑的笑了。

弟兄们呵，

笑吧，笑！

哈哈笑！

让咱们男男女女，

老老少少，

翻了身的穷人一齐笑！

大采，

快把咱街上的红灯点着，

看咱们

"翻身"灯，

"解放"灯，

"胜利"灯，

"光荣"灯……

一盏两盏、千盏万盏一齐照！

三成！

叫咱"吹歌会"的好把式们

好好地吹来好好地闹！

吹出来，

咱们的

"快活"调，

"幸福"调，

"自由"调，

"团圆"调……

一番两番、十番百番，

吹他个红花满地落！

喂！

把咱那大鼓大铙，

也抬出来，

用劲地敲！
咳！把咱那大喇叭筒
也拿出来，
走上广播台，
大嗓地叫！
——普天下的人们呀，
都听着：
天翻了个了，

地打了滚了，
千百万穷汉子站起来了！

——亲爱的毛主席呀，
您听着：
只因为有了您，
咱们的苦罪再也不受了，
幸福的日子来到了！

——什么比海深呵？
什么比天高？
毛主席的恩情比海深呀，
受苦人的力量比天高！
——我们是，
千千万、
万万千，
环结环、
套结套，
紧又紧、
牢又牢，
铁打的长城心一条！

挑起大红旗呵，
吹起震天号！
踢开活地狱呵，
踏上光明道！

消灭他千年老封建，

推翻他蒋介石小王朝，

看咱们：

刨他的根，

挖他的苗！

迎着大狂风，

架起大火烧！

叫他在风里啼哭，

叫他在火里喊叫，

叫他们今天

在咱们脚下死掉！

我们抬头，

我们大笑！

笑啊，笑！

哈哈笑！

千人笑！

万人笑！

笑他个疾风暴雨，

笑他个地动山摇！

笑他个千里冰雪开了冻，

笑他个万里大海起了潮！

1947 年 2 月，冀中束鹿郝家庄

搂草鸡毛①

打锣鼓,放鞭炮,

火花钻天好热闹!

张庄街上人挤满,

喇叭筒叫喊闪开了道——

四面锣,四面鼓,

四杆大旗迎风飘,

八个英雄马上坐,

十字披红面带笑。

手挽缰绳挺起胸,

连叫"乡亲们您听着:

参军打老蒋,

咱们把名报!"

"翻身的人们志气高,

咱张庄的小伙子可没落了草鸡毛!"

英雄们说得正带劲,

---

① 搂草鸡毛:在参军运动中,村村挑战,如甲村未能完成计划,乙村参军青年即集队赴甲村游行示威,谓之"搂草鸡毛"。

咳！猛然有人喊"报告"：
"快收锣鼓快卷旗，
这个事情不好了！
光顾咱村闹得好，
王庄的参军糟了糕，
小伙子们耷拉了脑袋泄了气，
到这会儿一个名字也没报！"

英雄们一听好气恼：
"王庄的人们真算孬！
咱张王二村挑的战，
为什么你们不沾①了？
好！乡亲们，快打马，
咱们到王庄搂搂他的草鸡毛！"

说打马，就打马；
说出发，就出发！
大旗一摆出了村，
人马直奔王庄道——
马尾接马头，
马头接马尾，
尘土滚滚遍地飞！

一阵子好跑没住脚，

———————————————

①不沾：不行之意。

眼下王庄来到了。
村头道边勒住了马，
冲着街里高声叫：
"王庄的人们出来吧，
叫咱们见识见识草鸡毛！"

这一句话儿还没落音，
忽然村里放鞭炮！
登时街上人挤满，
喇叭筒叫喊闪开了道——
八面鼓，八面锣，
八杆大旗迎风飘，
十六个英雄马上坐，
双十字披红面带笑！

张庄的一看说："毁了，
这回的草鸡毛大半搂差了……"

王庄的英雄赶上前，
开口就把张庄的叫：
"今天到此有什么事？
听说要搂俺王庄的草鸡毛？"

"哎，对……对不起，闹错了，
兄弟哥儿们担待着……"

"哼！隔着门缝来看人，
太把俺王庄看扁了。
对着大海你看不见深？
对着高山你看不见高？"

"咳……您别气，您别恼，
俺们给您赔礼了！"
张庄的上前一鞠躬，
王庄的点头还礼哈哈笑。
立时两村人马合一家，
手拉着手儿脚靠着脚；
肩膀头一比一般齐，
大旗一晃一般样的高。
这个说："咱们翻了身，
参军都把名来报！"
那个说："提起打老蒋，
谁不是火冒三丈高？"
"咳！翻身的小伙子挺胸站，
谁肯落一个草鸡毛？"

英雄们说得正带劲，
咳，猛然又有人喊"报告"：
"快收锣鼓快卷旗，
这一回实打实的不好了！

光顾咱两村闹得好，

李庄的参军糟了糕，

小伙子们个个都是往后'捎①'，

到这会儿一个名字也没报！"

两村的英雄一听好气恼：

"李庄的人们真算孬！

刚说都是英雄汉，

一转眼就出了你们这草鸡毛？

咱三村挑的连环战，

就是你们不沾了？

好！乡亲们，快打马，

到李庄搂搂那实打实的草鸡毛！"

说打马，又打马；

说出发，又出发！

大旗一摆出了村，

人马直奔李庄道——

马尾接马头，

马头接马尾，

尘土滚滚遍地飞！

一阵子好跑没住脚，

眼下李庄来到了，

①捎：读去声，后退之意。

村头道边勒住了马，
冲着街里高声叫：
"李庄的人们出来吧，
叫咱们见识见识实打实的草鸡毛！"

这一句话儿还没落音，
咳，又听村里放鞭炮！
登时街上人挤满，
喇叭筒叫喊闪开了道——
十二面锣，十二面鼓，
十二杆大旗迎风飘，
二十四个英雄马上坐，
全身披红面带笑。

张王二庄的一看说："毁了又毁了，
这一回的草鸡毛又叫咱搂差了……"

李庄的英雄赶上前，
开口就把张王二庄叫：
"今天到此有什么事？
听说您两村合伙来搂俺李庄的草鸡毛？"
"哎，对……对不起，又闹错了，
兄弟哥儿们担待着……"

"哼，隔着筛子眼来看人，

太把俺李庄的看小了！
眼对着太阳你看不见亮？
头顶着青天你看不见高？"

"咳……您别气,您别恼,
俺们给您赔礼了！"
这边的上前一鞠躬,
那边的点头还礼哈哈笑。
立时三村人马合一家,
手拉着手来脚靠着脚；
肩膀头一比一般齐,
大旗一晃一般样的高。
这个说:"翻身得了地,
哪一棵高粱不打苞？"
那个说:"东方天要亮,
是公鸡谁不把名(明)报？"
"咳！抬起头来看一看,
实实在在没有一个草鸡毛！"

英雄们越说越带劲,
一声更比一声高！
哎,哪知道,赶得巧,
又有人截住话头喊"报告"……
"咳！去你的吧,别说了,
又是出了你的什么草鸡毛！

再不听你那一套，

一回一回尽是胡造谣！"

"哎，哥儿们，别蹦套①，

这一回您是误会了，

这事情可是大不同，

您手搭凉棚四下里瞧——

东南一片尘土扬，

西北上风刮大旗飘，

看，各路的人马滚滚来，

铺天盖地来到了！"

"什么旗，什么号？

什么枪，什么刀？"

"翻身旗，翻身号！

英雄枪，英雄刀！"

为头的快马一阵风，

进了村口高声叫：

"咳！张王李庄的同志们，

快快打马奔大道！

翻身团②里集合了，

各路的英雄都来到！

---

①蹦套：牲口脱开绳套，喻人发怒。

②翻身团：土改后农民参军组成新兵团，改编正规军前暂名翻身团。

就差你们三个村，

听说你们闲着没事来搂草鸡毛？

咳，瞎胡闹！

咱们千万人民都是英雄汉，

哪里去找什么草鸡毛！

同志们：快出发！

快上战场打胜仗，

南京城里去搂那真正的草鸡毛！"

咳！阵阵锣鼓阵阵号，

一阵阵人欢马又叫！

千万英雄上战场，

老蒋兵败如山倒。

胜利的消息传万里，

南京城头红旗笑——

总统府里搜，

英雄脚下扫：

搂着了，搂着了，

这一撮实打实的草鸡毛！

火里扔，水里撩，

撒向东海浪滔滔……

太阳一出喊"报告"：

人民的天下开始了！

1947年3月初稿

1948年7月修改

回延安

一

心口呀莫要这么厉害地跳，
灰尘呀莫把我眼睛挡住了……

手抓黄土我不放，
紧紧儿贴在心窝上。

……几回回梦里回延安，
双手搂定宝塔山。

千声万声呼唤你，
——母亲延安就在这里！

杜甫川唱来柳林铺笑，
红旗飘飘把手招。

白羊肚手巾红腰带，

亲人们迎过延河来。

满心话登时说不出来，
一头扑在亲人怀……

二

二十里铺送过柳林铺迎，
分别十年又回家中。

树梢树枝树根根，
亲山亲水有亲人。

羊羔羔吃奶眼望着妈，
小米饭养活我长大。

东山的糜子西山的谷，
肩膀上的红旗手中的书。

手把手儿教会了我，
母亲打发我们过黄河。

革命的道路千万里，
天南海北想着你……

三

米酒油馍^{mó}木炭火，
团团围定炕上坐。

满窑里围得不透风，
脑畔上还响着脚步声。

老爷爷进门气喘得紧：
"我梦见鸡毛信来——可真见亲人……"

亲人见了亲人面，
欢喜的眼泪眼眶里转。

"保卫延安你们费了心，
白头发添了几根根。"

团支书又领进社主任，
当年的放羊娃如今长成人。

白生生的窗纸红窗花，
娃娃们争抢来把手拉。

一口口的米酒千万句话，

长江大河起浪花。

十年来革命大发展，
说不尽这三千六百天……

四

千万条腿来千万只眼，
也不够我走来也不够我看！

头顶着蓝天大明镜，
延安城照在我心中：

一条条街道宽又平，
一座座楼房披彩虹；

一盏盏电灯亮又明，
一排排绿树迎春风……

对照过去我认不出了你，
母亲延安换新衣。

五

杨家岭的红旗啊高高地飘，

革命万里起高潮！

宝塔山下留脚印，
毛主席登上了天安门！

枣园的灯光照人心，
延河滚滚喊"前进"！

赤卫军……青年团……红领巾，
走着咱英雄几辈辈人……

社会主义路上大踏步走，
光荣的延河还要在前头！

身长翅膀吧脚生云，
再回延安看母亲！

1956 年 3 月 9 日，延安

风 筝

啊，我的多么好、多么好的风筝，
飞上了多么高、多么高的天空！

是什么在你的翅膀上闪亮？
　　——是春天的阳光。
是什么把你的响笛儿吹动？
　　——是春天的风。

喂，把你的眼睛睁大吧，睁大，
　　你可看见了什么？
喂，把你的嗓子放大吧，放大，
　　你在歌唱些什么？

——啊，
望不到边的土地呀，
　　桃花、桃花、桃花……
望不到边的大海呀，
　　浪花、浪花、浪花……

望不到边的蓝天呀，

　　　白云、白云、白云……

望不到边的工厂呀，

　　　烟云、烟云、烟云……

——啊，亲爱的祖国，多么好！

风筝啊，你什么都看见了。

你飞吧，飞吧，飞得更高。

你牵着我手里的线，

牵呀，牵呀，我的心也叫你牵走了。

喂，风筝，告诉我吧，告诉我：

　　　在浪花卷着桃花的海边，

你可看见，

　　　英雄们的眼睛亮闪闪？

那是解放军在保卫亲爱的祖国，

啊，我的爸爸就在那英雄的行列中间。

亲爱的爸爸呀，多么好！

风筝呀，你可看见了。

你飞吧，飞吧，飞得更高。

你牵着我手里的线，

牵呀，牵呀，我的心也叫你牵走了。

喂，风筝，告诉我吧，告诉我：

在白云卷着烟云的厂房，
你可看见，
英雄们的眼睛闪闪亮？
那是工人们在建设亲爱的祖国，
啊，我的妈妈正工作在织布机旁。

亲爱的妈妈呀，多么好！
风筝呀，你可看见了。
你飞吧，飞吧，飞得更高。
你牵着我手里的线，
牵呀，牵呀，我的心也叫你牵走了。

啊，我的多么好、多么好的风筝。
啊，飞上了多么高、多么高的天空！
祖国的天空呀，
有多么好、多么好的太阳，
祖国的土地呀，
有多么好、多么好的春风……

1956 年 4 月

重温红色经典　秉承先辈遗志